BONUS KAGETORA, LE NINJA

POUR QUELQU'UN COMME TOI,
ÊTRE AMOUREUX D'UNE PRINCESSE, C'EST CONTRAIRE À L'ÉTHIQUE !
QU'EST-CE QUE...
TU VEUX DIRE ?
QUE C'EST LA FILLE PARFAITE POUR LA REMPLACER !
POUR TOI,
ELLE N'EST EN FAIT QU'UN SUBSTITUT À LA PRINCESSE, NON ?
CHAPITRE 9 / FIN

MAIS...
TOUT DE MÊME !
KAGE-TORA !
TU AS TROUVÉ UNE FILLE QUI T'ARRANGE BIEN ;
QUI M'AR-RANGE ?
EH BIEN, OUI !
ELLE LUI RESSEM-BLE...
MAIS C'EST PAS UNE PRINCESSE !

...
OÙ EST BENI ?
BENI ?
AAH,
CETTE PRINCESSE DE PACOTILLE !
ELLE N'EST PAS ICI !
ELLE T'A BIEN EU !
ELLE LUI RESSEMBLE TELLEMENT QUE MOI NON PLUS, J'AURAIS RIEN REMARQUÉ !
ET Y'A PAS QUE SON APPARENCE !
ELLE A AUSSI LE MÊME PRÉNOM !
EST-CE QU'ELLES ONT UN LIEN DE PARENTÉ ?
...
SI TU VEUX PAS RÉPONDRE,
J'EN JUGERAI PAR MOI-MÊME !

'LUT !
DOMMAGE ! TU ES TOUJOURS DE CE MONDE !
TU N'ALLAIS PAS MOURIR AUSSI BÊTEMENT !
RÉJOUIS-TOI !
... !
AAH
C'EST GENTIL, NON ?
NE BOUGE PAS OU TA PLAIE VA SE ROUVRIR !

...
QU'EST-CE QUE ÇA SI-GNIFIE ?
ÇA SIGNIFIE CE QUE ÇA SIGNIFIE !

UN MÉDECIN L'A EXAMINÉ.
IL NE MOURRA PAS !
MAIS...
POUR LA SUITE,
JE NE TE GARANTIS RIEN.

HITAKI ?
ARRÊTE !
FAIS PAS L'IMBÉCILE, ON N'A PAS LE TEMPS !
TU AS VU SA BLESSURE ?
IL FAUT VITE LE SOIGNER ...
SINON,
TU SAIS CE QUI ARRIVERA, N'EST-CE PAS ?!
EMMÈNE-LE VITE À L'HÔPITAL !
IL NE MOURRA PAS !
IL A DÉJÀ ÉTÉ SOIGNÉ.

APPEL
BENI FUJIWARA
BIP
ALLÔ ?
RENDS-MOI KAGETORA !!
C'EST TOI QUI LUI AS DEMANDÉ DE FAIRE ÇA, HEIN ?
À HITAKI !!

QU...
MAIS,
CON-TRAIRE-MENT À NOUS,
ELLE EST ALLÉE DU PRÉSENT VERS LE PASSÉ.
CETTE FILLE,
JE L'AI RENCONTRÉE DANS LE PASSÉ.
TU PENSES QUE JE VAIS TE CROIRE ?
DEMANDE À CETTE FILLE !
PER-SON-NELLE-MENT,
QUE TU ME CROIES OU NON !
JE ME FICHE...

SI TU VEUX PAS ME CROIRE, C'EST TON PROBLÈME MAIS...
J'AI PAS MENTI !
LUI ET MOI SOMMES DES NINJAS.
BENI FUJIWARA.
ELLE AUSSI L'A FAIT.
ET ON VIENT DU PASSÉ.
ET...
NOUS NE SOMMES PAS LES SEULS À AVOIR VOYAGÉ DANS LE TEMPS !

...
MON PÈRE CONNAÎT UN BON MÉDECIN.
APPE-LONS-LE !
À CE RYTH-ME,
IL VA MOURIR SI ON NE FAIT RIEN !
DIS DONC...
CETTE TENUE ...
ON DIRAIT VRAIMENT UN NINJA !

GRR...
ME REGARDE PAS COMME ÇA !
C'ÉTAIT PAS DRÔLE DE LE TUER TOUT DE SUITE !
JE VEUX PRENDRE MON TEMPS !
EN PLUS,
IL POURRAIT T'ÊTRE UTILE À TOI AUSSI !
CETTE FILLE,
C'EST PAS DE TOI MAIS DE LUI QU'ELLE EST AMOUREUSE !

KA...
KAGE-TORA!!

KAGE... !

IWA...
!!
QU'EST-CE QUE... !
JE NE VOIS...
PLUS RIEN !

KAGE-TORA !!
BLAM
KA-GE-TORA !
AH...
TU SAI-GNES TELLE-MENT...
IL Y A DES GENS ICI AUSSI ...
QUI LE VOIENT COMME UN OBSTA-CLE !
DE QUI PARLES-TU ?
C'EST IMPOS-SIBLE !
...
NON...

ÇA SUFFIT !!!
JE TE L'AI DIT !
ICI, IL N'Y A PERSONNE POUR TRAITER KAGETORA DE "DÉSERTEUR"...
ET IL N'Y A PERSONNE NON PLUS POUR TE DONNER D'ORDRES !!
...
PAS SI SÛR.

ON M'A TOUJOURS COMPARÉ À TOI.
À TON ÂGE, KAGETORA Y ARRIVAIT !
KAGETORA, LUI, NE MONTRERAIT PAS SES FAIBLESSES ET S'ENTRAÎNERAIT DUR EN CACHETTE !
POURQUOI TU N'EN ES PAS CAPABLE, TOI ?
KAGETORA...
KAGETORA...
KAGETORA...
SI T'EXISTAIS PAS,
ON M'AURAIT JAMAIS COMPARÉ À TOI !
EN DÉSERTANT,
TU M'AS DONNÉ LA CHANCE DE POUVOIR TE SUPPRIMER ENFIN...
LÀ CE MOMENT...
TU PEUX PAS IMAGINER...
À QUEL POINT J'ÉTAIS HEUREUX !

KAGE-TORA !!
TOUT... TOUT VA BIEN, BENI.
KAGE...
QU'EST-CE QUE TU RA-CONTES ?!
...
ÇA VA PAS DU TOUT...
HAHA !
QU'EST-CE QUE ÇA SOU-LAGE !
MÊME SI ÇA SUFFIT PAS...
JE T'AI TOU-JOURS CONSI-DÉRÉ...
COMME UN OBSTA-CLE !
TU ÉTAIS TOUJOURS EN AVANCE SUR MOI.
TOI ET MOI AVONS REJOINT LE VILLAGE DE NINJAS APRÈS AVOIR PERDU NOS PARENTS...
MAIS TU ÉTAIS LÀ AVANT MOI...
ET À CAUSE DE ÇA,

C'EST APRÈS TOI QUE J'EN AI,
KAGE-TORA !
HYAAAAAAH !

HITAKI !!!
BENI N'A RIEN À VOIR LÀ-DEDANS !!
LAISSE-LA !
AH...
T'IN-QUIÈTE PAS !

JA-MAIS !!!
TSS ---
JE NE L'EF-FLEURE MÊME PAS...
ALORS QU'IL TIENT CETTE FILLE DANS LES BRAS !
AA
AA
AA
AH !
SST

TU ES ARRIVÉE À NOTRE ÉPOQUE...
EN VOYAGEANT DANS LE TEMPS ?
QU'EST-CE QUE ÇA PEUT FAIRE ?
LA PRINCESSE BENI N'EST PAS ICI.
ET CE N'EST PAS MOI !
ET CETTE LOI DONT TU PARLES CONCERNANT LES DÉSERTEURS...
N'A PLUS AUCUN SENS ICI PUISQU'IL N'Y A PLUS DE NINJAS !!
LAISSE-MOI...
NON... LAISSE LA PRINCESSE BENI TRANQUILLE,
HITAKI !
...
ÇA...

U... !
LA PRINCESSE BE...
UNE MINUTE ! CETTE FILLE, C'EST PAS...
HEIN ?!
C'EST PAS...
LA PRINCESSE ?
QU'EST-CE QUE TU FAIS LÀ ?
P... PARDON, J'ÉTAIS INQUIÈTE...
MAIS C'EST BIEN TOI QUE J'AI VUE CE JOUR-LÀ !
CE VISAGE...
MAIS... ALORS ...
TOI AUSSI...

FIUU
BENI !!
TATA
TAM
BENI ?
C'EST TOI...
BENI FU-JIWARA ?!

5 ANS ?!
IL Y A 5 ANS ?
IL EST ARRIVÉ ICI...
5 ANS PLUS TÔT ?
ALORS...
IL A TRAVERSÉ LE TEMPS APRÈS NOUS MAIS...
PASSÉ
5 ANS PLUS TÔT
PRÉSENT
IL EST ARRIVÉ ICI... 5 ANS AVANT NOUS...
MAIS ALORS...
ÇA VEUT DIRE QUE HITAKI ÉTAIT LÀ AVANT QUE JE RENCONTRE KAGETORA ?!
OÙ ÉTAIT-IL...
PENDANT CES 5 ANNÉES ?
CRAC

UN HOMME...
JE SUIS ARRIVÉ...
EST TOMBÉ DU CIEL...
IL Y A 5 ANS.

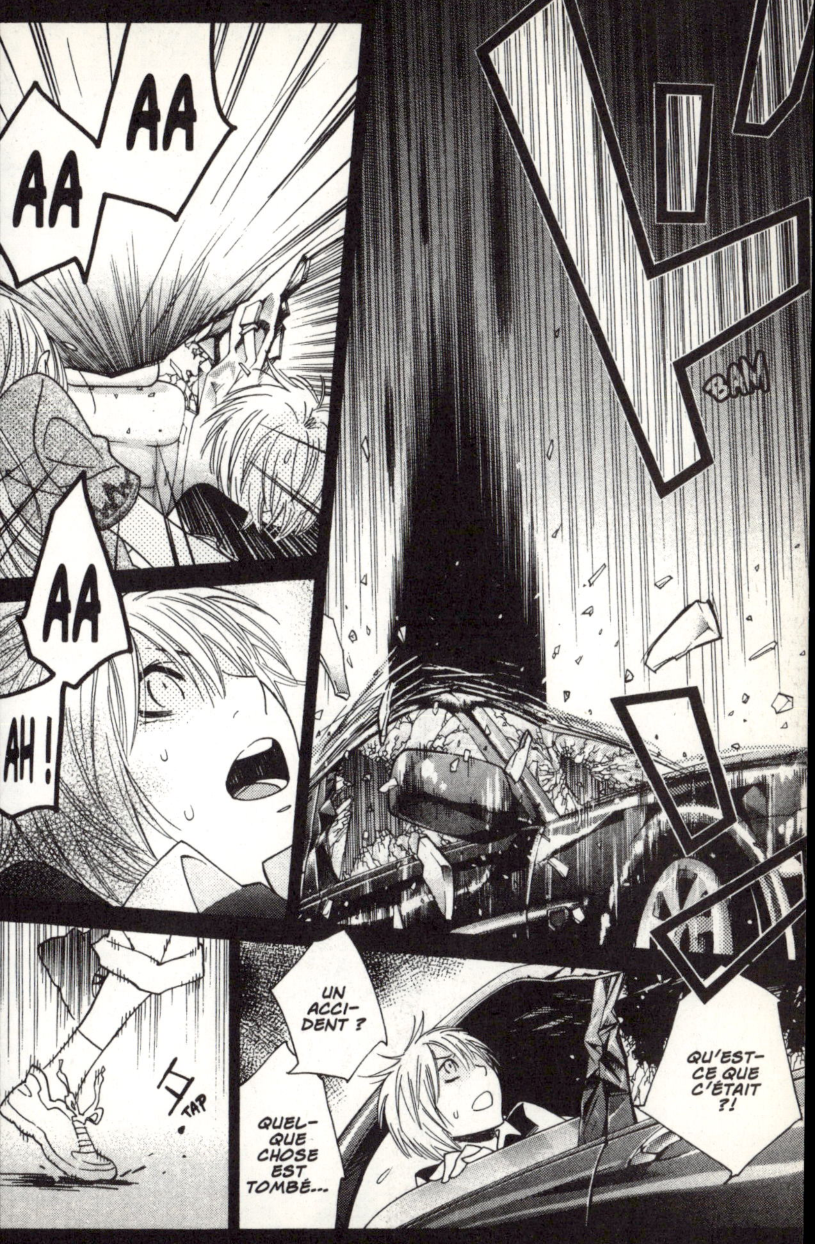
BAM
AA
AA
AA
AH !
QU'EST-CE QUE C'ÉTAIT ?!
UN ACCI-DENT ?
QUEL-QUE CHOSE EST TOMBÉ...
TAP

TUTUUT
PAM
IL Y A EU UN ACCIDENT ?
ON N'AVANCE PLUS DU TOUT !
IL PLEUT ...
ARRÊTE DE TE RONGER LES ONGLES, RIHITO !
TU AS 12 ANS MAINTENANT !
TON PÈRE T'A POURTANT DIT QU'IL DÉTESTAIT CETTE MANIE !
À CAUSE DE TOI, IL VA ENCORE...
PA...
PARDON !
JE FERAI ATTENTION ! JE TE LE JURE !
ALORS ...

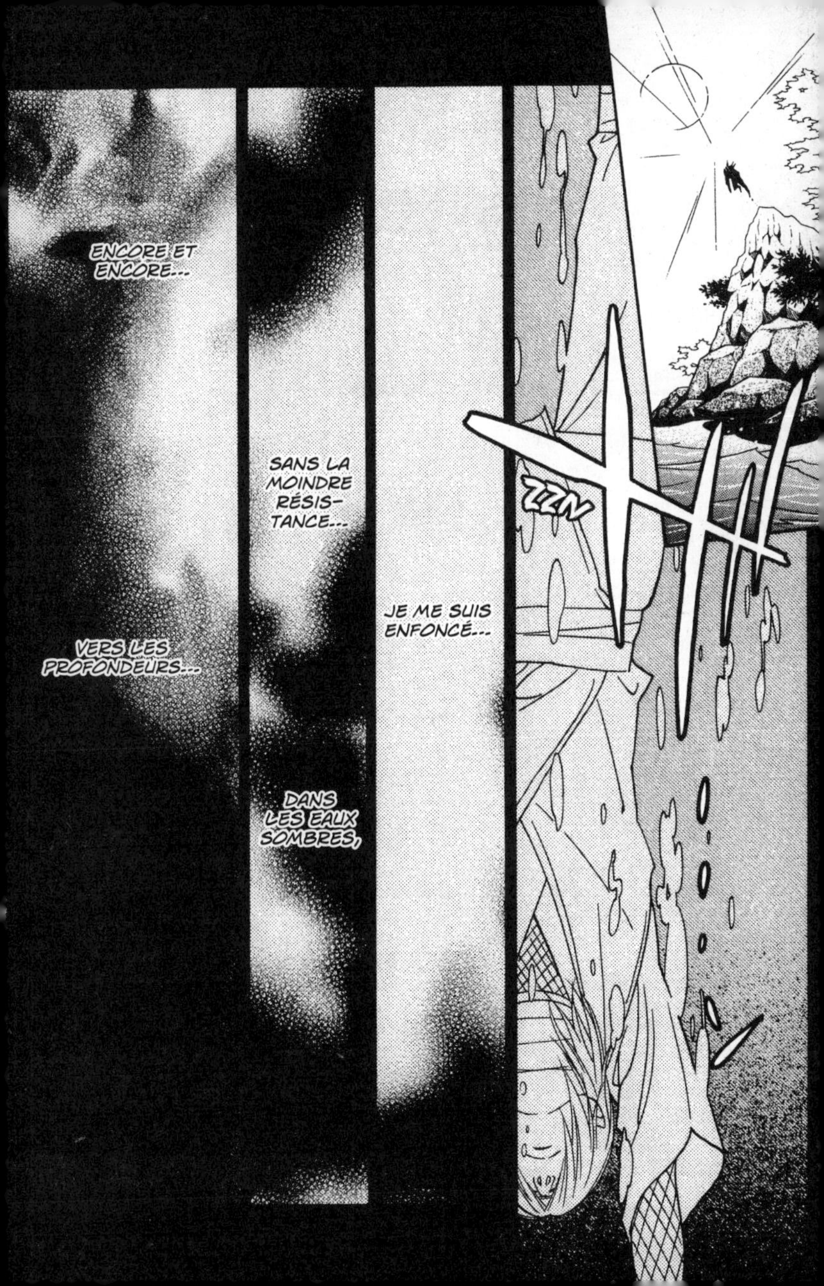
ZZN
JE ME SUIS ENFONCÉ...
SANS LA MOINDRE RÉSISTANCE...
DANS LES EAUX SOMBRES,
ENCORE ET ENCORE...
VERS LES PROFONDEURS...

JE VOULAIS LE TUER DE MES MAINS !
ZAA
ZAA
TSS !
TAP
S'IL EST VRAI-MENT MORT,
JE DOIS...
RAME-NER SA TÊTE...

PFF...
C'EST PAS DRÔLE !
SHINOBI LIFE
CHAPITRE 8

ZAAAA
ZAAAA
ZAAAA
TOUT COMME MOI,
N'EST-CE PAS,
TU AS PLONGÉ DANS LE LAC !
KAGE-TORA ?
... ?!
APRÈS VOTRE PLONGEON DANS LE LAC,

HAA
HITAKI...
HAA
QU'EST-CE QUE... TU FAIS ICI ?
QUOI...
C'EST IMPOSSIBLE ! COMMENT ?!
POURQUOI ?
MAIS TU LE SAIS TRÈS BIEN !
TOUT COMME MOI,
TU AS PLONGÉ DANS LE LAC !
N'EST-CE PAS, KAGETORA ?
CHAPITRE 8 / FIN

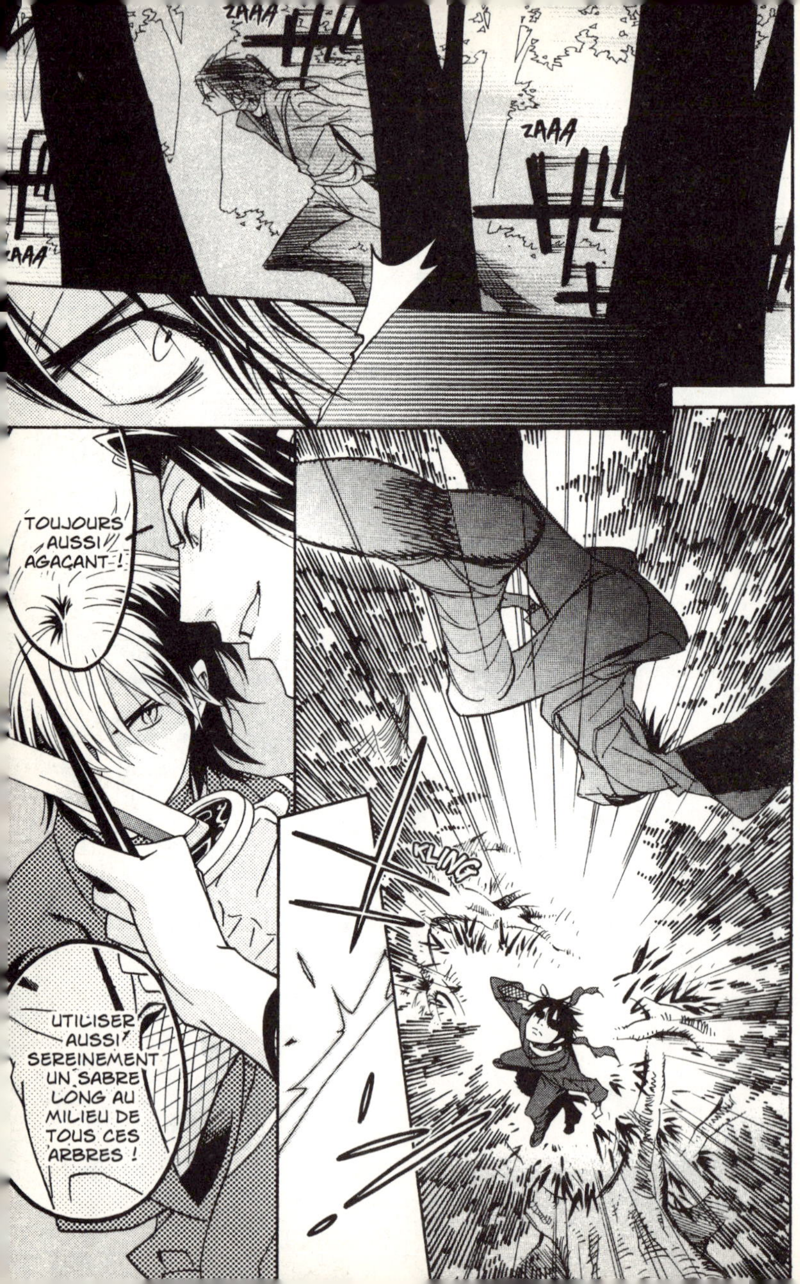
ZAAA
ZAAA
ZAAA
TOUJOURS AUSSI AGAÇANT !
KLING
UTILISER AUSSI SEREINEMENT UN SABRE LONG AU MILIEU DE TOUS CES ARBRES !

QU... QU...
QU'EST-CE QUI SE PASSE ?!
CE N'EST PAS TOI...
DO
DOM
DO
QU'IL VISE ?!
AH...
RESTE ICI !
KAGE-TORA !
AT-TENDS !!

HEIN, KAGE-TORA ?
... ?
KAGE-TORA ?
FUUU
QUOI ?
QU'EST-CE QUE...
BENI !!
AH !
ZAT

KAGE-TORA.
JE SAIS QUE TU AS AUSSI CE GENRE D'OBJET ...
JE NE TE POSERAI AUCUNE QUES-TION.
LIQUIDE-LE SI TU VEUX !
J'AIME BIEN LES GROSSES FUSÉES...
MAIS ÇA AUSSI, C'EST SYMPA !
SHHHH

TAC
JE TE L'AI DÉJÀ DIT, JE SUIS PAS TA BONNICHE !
T'AS QU'À...
LE FAIRE TOI-MÊME !
GSH
COMMENT...
T'AS EU ÇA ?
SON NOM EST...

CETTE SOUF-FRANCE,
JE L'EN-FERMERAI AU FOND DE MOI.
À CÔTÉ DE CELA...
TU TE SOUVIENS QUAND JE T'AI PARLÉ D'UN TYPE QUI TE RESSEM-BLAIT,
HITAKI ?
EH BIEN... IL ME GÊNE.
TU PEUX PAS FAIRE QUELQUE CHOSE ?
HEIN ?
MAIS...
NE TOUCHE PAS UN SEUL CHEVEU DE BENI FUJIWARA, LA FILLE QU'IL PROTÈGE.
C'EST MA FIANCÉE.

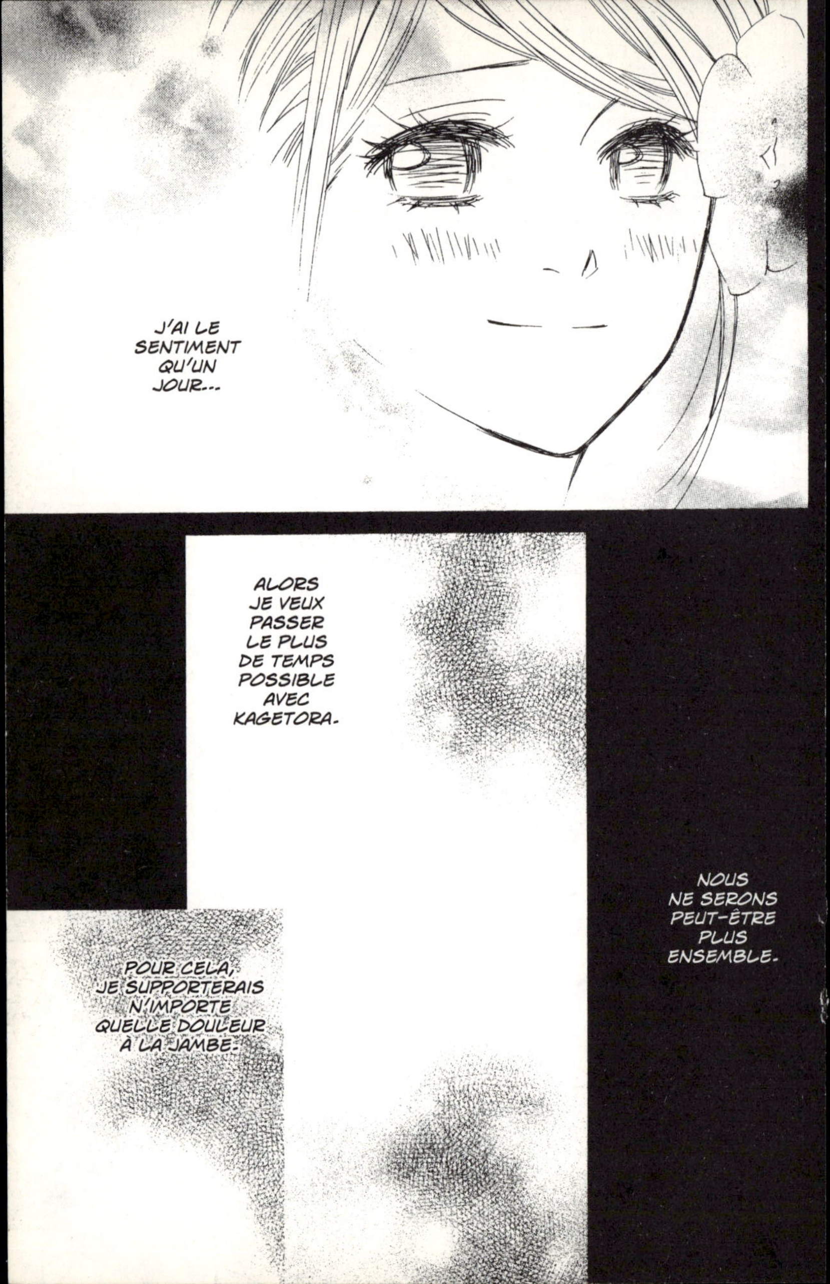
J'AI LE SENTIMENT QU'UN JOUR...
NOUS NE SERONS PEUT-ÊTRE PLUS ENSEMBLE.
ALORS JE VEUX PASSER LE PLUS DE TEMPS POSSIBLE AVEC KAGETORA.
POUR CELA, JE SUPPORTERAIS N'IMPORTE QUELLE DOULEUR À LA JAMBE.

DOM
DODOM
TU...
COMMENT ?
PAF
PAF
...
TOI AUSSI...
DOM

ILLUMINÉ PAR LE FEU D'ARTIFICE.
QU'EST-CE QU'IL Y A ?
EST-CE QUE C'EST TA JAMBE...
AH, NON, PAS DU TOUT !
LE YUKATA... TE VA TRÈS BIEN, KAGETORA !
TU ES TRÈS ÉLÉGANT !
... !
T... TU... TROUVES ?
OUI.

MA DOULEUR À LA JAMBE...
EST DE PLUS EN PLUS LANCINANTE.
MAIS...
JE PEUX REGARDER LE VISAGE DE KAGETORA...

ÇA VA, JE CROIS QUE JE PEUX MARCHER...
DOM
JE SAIS POURQUOI...
C'EST UN PRESSENTIMENT.
MAIS...
ÇA FAIT LONGTEMPS... QUE JE N'AI PAS VU DE FEU D'ARTIFICE ALORS J'AIMERAIS BIEN RESTER UN PEU.
UN HORRIBLE PRESSENTIMENT.
...
S'IL TE PLAÎT.
J'AIMERAIS TANT FAIRE QUELQUE CHOSE...
MAIS JE SUIS IMPUISSANTE.
CLAC
ÇA M'ÉNERVE...
À TEL POINT...
QUE MA MAIN ME DÉMANGE.
MERCI...

MAIN-TE-NANT,
ÇA DEVRAIT ALLER MIEUX !
MA MAIN ME DÉMANGE.
DOM
KAGE-TORA...

... !
ET LE CONTACT...
DE SES LÈVRES...
SUR MA JAMBE.
JE L'AI RETIRÉ.

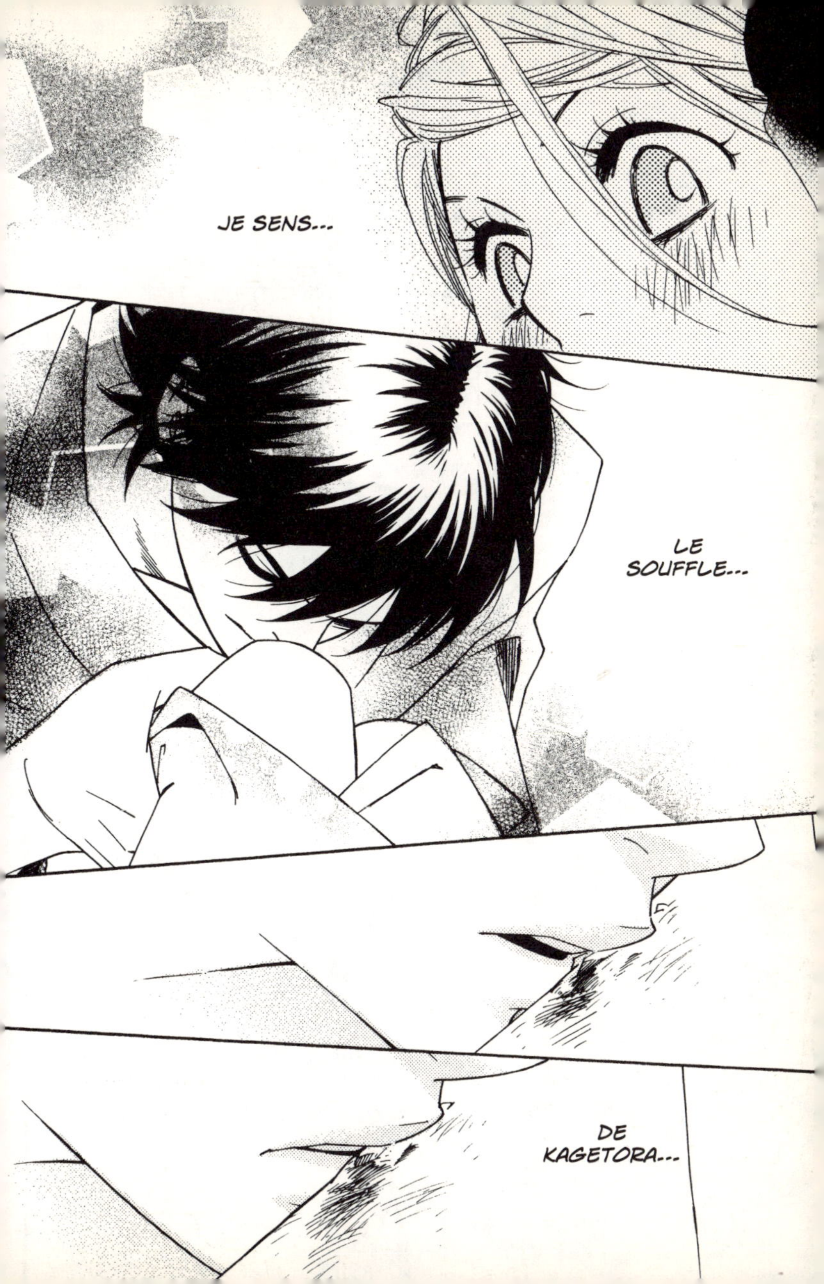
JE SENS...
LE SOUFFLE...
DE KAGETORA...

HI...
YAAAH !!!
J'AI UN CAILLOU PLANTÉ DANS LA JAMBE !!
SSSS
BERK ! JE SUPPORTE PAS CE GENRE DE TRUCS !!
ÂME
BENI !
NE BOUGE PAS.
HEIN ?

BABOM
RENTRONS VITE DEMANDER À TA DEMOISELLE DE COMPAGNIE DE TE SOIGNER !
VOILÀ, C'EST RÉPARÉ !
...
OUI...
AÏE !
A... ÏE !!
BENI ?
AAH...
HEIN ?
AT... AT-TENDS UN PEU !

QUAND TU SORS DE LA MAISON,
PRÉVIENS-MOI !
D'ACCORD.
PARDON !
BENI,
TU SAIGNES...
HEIN ?!
AH...
J'AI DÛ ME FAIRE ÇA EN TOMBANT...

* KIMONO LÉGER EN COTON QUE LES JAPONAIS PORTENT EN ÉTÉ, NDT.

KAGE-TORA !
DOM !!
SNIF...
TU PEUX LA RÉPARER ?
MA CHAUSSURE...
POSE TON PIED ICI.

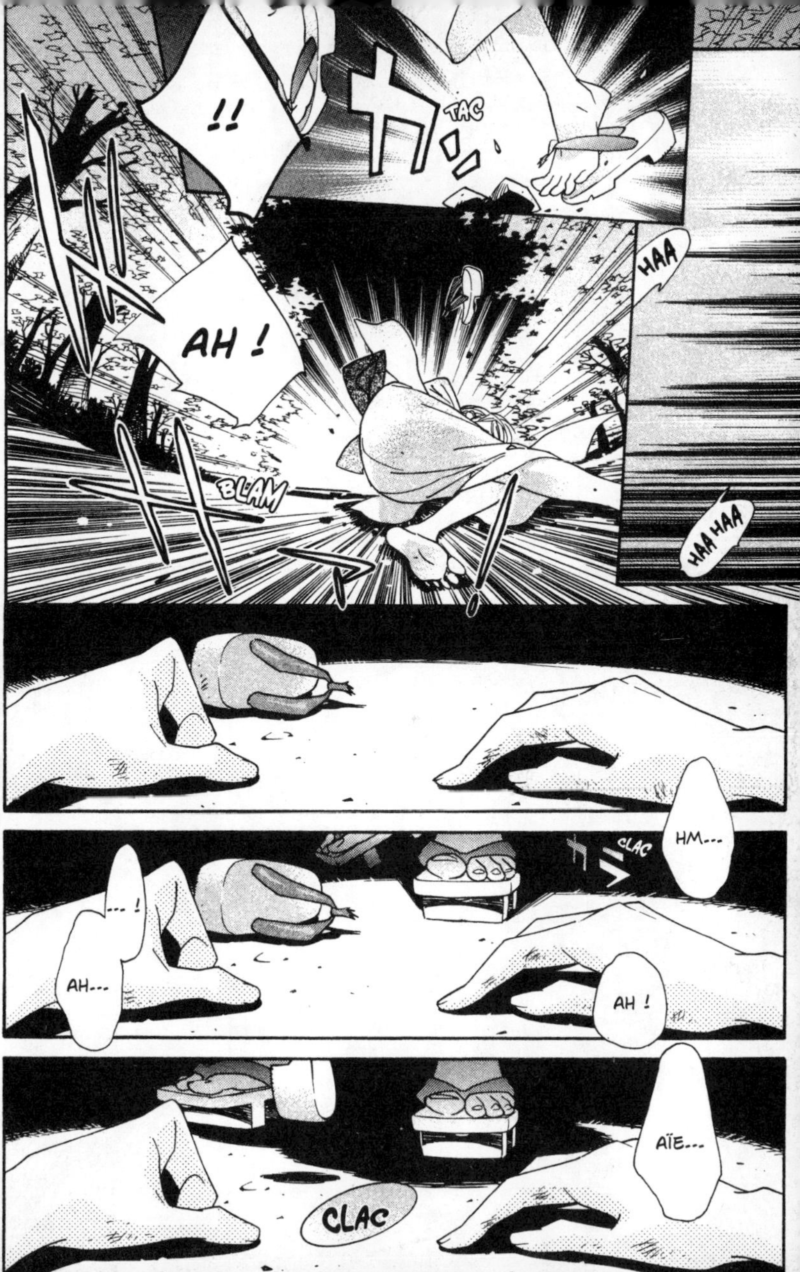
TAC
!!
HAA
HAA HAA
AH !
BLAM
HM...
CLAC
AH !
... !
AH...
AÏE...
CLAC

ZAA
ZAA
QUI EST LÀ ?!!
GSH
...

DADADAM
QU...
TATAP

KA...
DOM
PAF
PAF
DOM
DOM
FICHU FEU D'ARTIFICE !!!
PAF
PAF
DANS UN MOMENT PAREIL !
...
PAF
TAP
JE NE T'EN-TENDS PAS BIEN.
IL COU-VRE...
TAP
PAR-LONS...
DE PLUS PRÈS...
DODOM
MA VOIX !!

TU CHERCHES NATUREL-LEMENT À OBTENIR QUELQUE CHOSE MAIS...
TU N'AS PAS PENSÉ... QUE TU NE L'OBTIEN-DRAIS PEUT-ÊTRE PAS ?
J'AIME QUEL-QU'UN.
ET JE NE T'ÉPOU-SERAI PAS !
CELUI QUE J'AIME, C'EST...

J'AI ENTENDU DIRE QU'IL Y AVAIT UNE VIEILLE GRANGE.
J'AIME-RAIS... VOIR À L'INTÉ-RIEUR.
SON BUT...
N'EST PAS LE MARIAGE EN LUI-MÊME...
IL ME RAPPELLE MON PÈRE QUI A ÉPOUSÉ MA MÈRE...
POUR S'ACCAPARER LA MAISON FUJIWARA...

...
ÇA VEUT DIRE CE QUE ÇA VEUT DIRE !
POUR MOI, TA SEULE VALEUR EST D'ÊTRE LA FILLE DE LA FAMILLE FUJIWARA.
QU'EST-CE QUE...
...
LA PROCHAINE FOIS,
J'AIMERAIS ALLER CHEZ TOI.
TU VEUX ?

C'EST PAS LA PEINE DE TE DONNER AUTANT DE MAL !
C'EST INUTILE !
J'AI L'INTENTION DE T'ÉPOUSER QUI QUE TU SOIS !
REGARDE !
D'ICI, ON VOIT BIEN LE FEU D'ARTIFICE.
COMMENT ÇA ?
C'EST UN ENDROIT TRANQUILLE OÙ IL N'Y A PAS BEAUCOUP DE MONDE...
JE NE PARLE PAS DE ÇA !
QU'EST-CE QUE ÇA SIGNIFIE...
QUI QUE JE SOIS ?

Ô ORION ! DONNE-MOI TA FORCE !
LA DISPOSITION D'ORION RESSEMBLE À UNE PYRAMIDE...
ALORS ?!!
JE CRAINS, NON ?!!
JE CRAINS TELLEMENT QUE TOUT LE MONDE ME REGARDE !!!
PYRAMID POWER
ピラミッドパワー
MAIS ÇA ME VA !! TANT QUE TOI, TU ME DÉTESTES...
ÇA SUFFIT !
!!!
J'AI RÉUSSI ! IL LAISSE TOMBER L'IDÉE DU MARIAGE !
...
TCHAC
HEIN ?
EH...
OÙ TU M'EMMÈNES ?

TU ES SÛRE...
DE POUVOIR MANGER TOUT ÇA ?
'EN FUI FU'E !!
'AI F'È FAIM !!!
MIOM
TRADUCTION : J'EN SUIS SÛRE !! J'AI TRÈS FAIM !!!
ALORS ?!! QUE DIS-TU D'UNE GOINFRE PAREILLE !!
JE VAIS DEVENIR OBÈSE À COUP SÛR !!!
TU NE DOIS PLUS AVOIR ENVIE DE M'ÉPOUSER !!
...
MIAM
MIOM
MIOM
DIS-MOI SI TU VEUX FAIRE UNE SIESTE APRÈS LE REPAS !
JE CONNAIS UN BON HÔTEL PAS LOIN.
POF
C'EST L'HEU-RE.
HEIN ?
L'HEURE DE LA PRIÈRE.

...
IL...
N'Y A RIEN DE SURPRENANT À CELA !
... !
RIHITO IWATSURU !
IWATSURU ET BENI SONT...
BIENTÔT, ILS...
KH
...
EUH...
JE ME FAIS DU SOUCI QUAND ELLE RENTRE TARD, POURRIEZ-VOUS ALLER LA CHERCHER ?
MAIS... AVANT CELA...

...
AH...
DIT PAR UN SALE TYPE,
ÇA DEVRAIT POURTANT M'ÉCŒURER...
JE SUIS TROP NULLE !
TIENS ? QUE FAITES-VOUS ENCORE ICI ?
VOUS N'AVEZ PAS VU BENI ?
JE PENSAIS QUE VOUS ÉTIEZ DÉJÀ PARTI VOIR LE FEU D'ARTIFICE AVEC MADEMOISELLE...
UN FEU D'ARTIFICE ?!
AH... ALORS ELLE Y EST ALLÉE AVEC QUELQU'UN D'AUTRE ?
EH BIEN...
AH !
MAINTENANT QUE J'Y PENSE, TOUT À L'HEURE, ELLE A REÇU UN COUP DE FIL...
SAVEZ-VOUS QUI ?
C'ÉTAIT UN CERTAIN... IWATSURU !

MINCE...
C'ÉTAIT PAS DU TOUT MON PLAN !!
M... MAIS POUR UNE FOIS QUE NEKOTA M'HABILLAIT...
VOUS ALLEZ BIEN VOUS AMUSER !
C'EST JOLI !
T... TANT PIS !
PASSONS À L'ACTION ! JE VAIS LUI DONNER UNE HORRIBLE IMPRESSION !
FUJI-WARA !
J'AI FAILLI PAS TE RECON-NAÎTRE !
HEIN ?
SÛREMENT PAS !
J'IMA-GINE QUE NON !
EST-CE QUE...
TU AS MIS ÇA POUR MOI ?
CETTE EX-PRES-SION SUR TON VISAGE ...
MISE À PART,
ÇA TE VA BIEN !

ET JE FERAI TOUT POUR LUI DONNER UNE MAUVAISE IMAGE DE MOI !
DOIS Y ALLER !!
GLUP
... VIEN... DRAI !
TSS,
TU MIJOTES QUELQUE CHOSE ?
TU ES TROP PRÉVISIBLE !
JE VAIS LUI FAIRE REGRETTER CE MARIAGE !!!
PAR QUOI VAIS-JE COMMENCER ? LE FAIRE POIREAUTER DES HEURES ?
NON, D'ABORD ...
JE VAIS METTRE UNE TENUE BIZARRE POUR QU'IL AIT HONTE DE MARCHER À MES CÔTÉS !!
ÇA ?
AH, ÇA AUSSI C'EST PAS MAL !
MAIS POURQUOI J'AI DES FRINGUES PAREILLES ?
MADEMOISELLE BENI !
VOUS ALLEZ VOIR LE FEU D'ARTIFICE ?
JE VAIS VOUS AIDER À VOUS CHANGER !!
AHA-!

C'EST IWAT-SURU.
TU SAIS QU'IL Y A UN FEU D'ARTIFICE AUJOURD'HUI ?
...
...
JE LE SAIS.
MAIS D'ABORD,
COMMENT T'AS EU MON NUMÉRO ?!
C'EST NORMAL QUE JE L'AIE PUIS-QU'ON VA SE MARIER !
GRR
QU'EST-CE QUE TU VEUX ?
HEIN ? JE VOU-LAIS JUSTE QU'ON AILLE VOIR LE FEU D'ARTIFICE ENSEMBLE ...
JE...

SHINOBI LIFE

CHAPITRE 8

ALORS,
C'EST MOI QUI LE FERAI !
JE VAIS...
EMPÊCHER MON MARIAGE AVEC IWATSURU !
CHAPITRE 7 / FIN

TADAM
INCROYABLE...
IL A TOUT MANGÉ !
UNE BOUILLIE AUSSI IGNOBLE...
KAGETORA...
À CAUSE DE SON RANG.
NE PEUT S'OPPOSER À MON PÈRE...
IL Y A BIEN QUELQUE CHOSE QUE JE PEUX FAIRE POUR LUI.
SANS DÉTRUIRE SON ES-TOMAC...

MÊME LES NINJAS PEUVENT TOMBER MALADE !
...
J'AI RÉUSSI !
HÉ HÉ
CE LIT SERT ENFIN À QUELQUE CHOSE !
AH !
NON PAS QUE J'AVAIS DES PRÉJUGÉS !
COMMENT DIRE...
IL FAIT CHAUD DEHORS...
POURTANT, À L'INTÉRIEUR, IL FAIT FROID COMME EN HIVER !
LES ÉTÉS D'ICI SONT DIFFÉRENTS DE CEUX QUE JE CONNAIS.
AH ! C'EST L'AIR CONDITIONNÉ ?
...
EST... EST-CE QU'IL A ATTRAPÉ FROID...
À CAUSE DE LA DIFFÉRENCE DE TEMPÉRATURE ?
PEUT-ÊTRE BIEN.

...
TU AS PRIS TON MÉDICAMENT ?
TAC
OUI.
ALORS REPOSE-TOI MAINTENANT.

IL NE MENT PAS LORSQU'IL DIT QUE ÇA LUI FAIT PLAISIR.
ET ÇA, ÇA ME FAIT PLAISIR.
MAIS...

JE SAIS QU'IL MENT QUAND IL DIT QUE C'EST DÉLICIEUX.

NE... NE TE FORCE PAS !
JE SAIS BIEN QUE...
JE NE ME FORCE PAS !
MAIS...
ÇA ME FAIT PLAISIR !
VRAIMENT,
ÇA ME FAIT PLAISIR...
QUE TU AIES CUISINÉ POUR MOI !

ÉVIDEMMENT QUE C'EST CHAUD !
C'EST DE LA BOUILLIE DE RIZ ! NOIRE MAIS...
TIENS, DE L'EAU !
!
MIOM
MIOM
AH... C'EST CHAUD !!
I...
IDIOT !!
C'EST DÉLICIEUX !

MAIS CETTE FOIS,
J'AIMERAIS FAIRE QUELQUE CHOSE POUR LUI.
EUH... HUM...
TIENS...
EST-CE QUE CE PLAT NOIR EST UNE SPÉCIALITÉ DE CETTE ÉPOQUE ?
C'EST LA PREMIÈRE FOIS QUE JE VOIS CELA.
C'EST DE LA BOUILLIE DE RIZ...
AH ?
C'EST... DE LA BOUILLIE DE RIZ MAIS...
PAR-DON !!
C'ÉTAIT LA PREMIÈRE FOIS QUE J'EN FAISAIS ET J'AI RATÉ !
C'EST TOI QUI L'AS FAITE ?

QU'EST-CE QUI M'ARRIVE ?
C'EST ÉTRANGE.
MADE-MOISELLE BENI ?
QUE FAITES-VOUS DANS LA CUISINE ?
SI VOUS DÉSIREZ QUELQUE CHOSE...
NON.
J'AIME-RAIS LE FAIRE MOI-MÊME !
JE VOUDRAIS FAIRE QUELQUE CHOSE...
POUR KAGETORA...
PARDON... MAIS... VOUS POURRIEZ M'APPREN-DRE ?
UNE RECETTE...
JAMAIS EN FAIT...
PAS SOUVENT...
JE NE CUISINE PAS SOUVENT...
JE VOUDRAIS QUELQUE CHOSE QUI REMETTE KAGETORA SUR PIEDS !
ALORS IL FAUT QUELQUE CHOSE DE LÉGER...
D'HABITUDE, ON FAIT TOUJOURS TOUT POUR MOI.

TU DOIS RESTER AU LIT !
JUSQU'À CE QUE TU SOIS GUÉRI !!
LES MALADES DOIVENT ÉCOUTER CEUX QUI LES SOIGNENT !
COMPRIS ?!
...
OUI.
しゅん... FF
AH !
CE... CE QU'IL EST MIGNON... AFFAIBLI PAR LA MALADIE...
C'EST MOI OU IL EST TROP MIGNON !!
MINCE, JE PEUX PAS LE REGARDER EN FACE !!!
カァァ... HAA
JE... JE... JE VAIS TE CHERCHER TES MÉDICAMENTS !!

JE ME DISAIS BIEN QUE TU AVAIS MAUVAISE MINE...
JE N'AVAIS PAS RÊVÉ !
EXCUSE-MOI...
GFF
MAIS... ÇA VA MIEUX MAINTE-NANT.
GFF
QU'EST-CE QUE TU RA-CONTES !
TU AS ENCORE DE LA FIÈVRE !

SHH
SHH
SHH
TU...
TU ÉTAIS EN NAGE ALORS...
J'AI JUSTE VOULU T'ÉPONGER LE FRONT.
TU T'ES EFFONDRÉ !
LE MÉDECIN A DIT QUE C'ÉTAIT LA GRIPPE...

TCHAC
CETTE...
MAIN...
DOUCE...
ET FROIDE...
BENI...

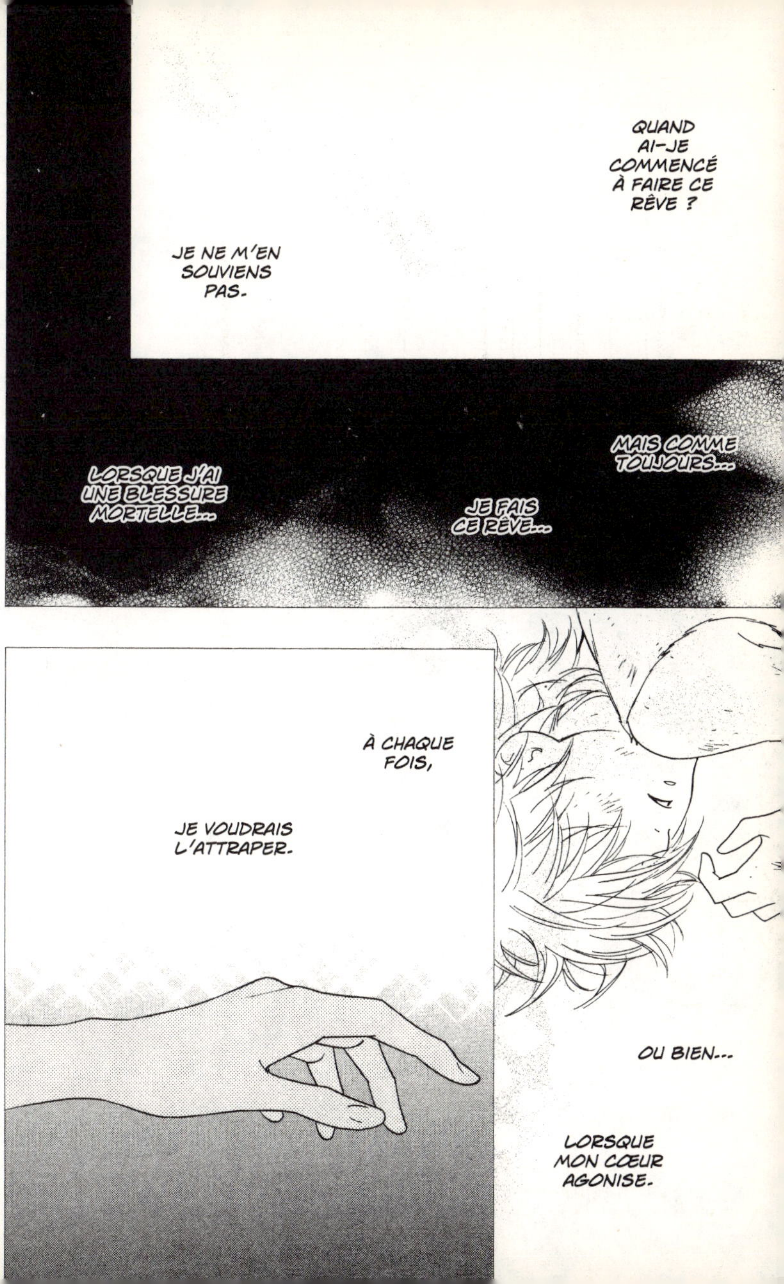
QUAND AI-JE COMMENCÉ À FAIRE CE RÊVE ?
JE NE M'EN SOUVIENS PAS.
MAIS COMME TOUJOURS...
JE FAIS CE RÊVE...
LORSQUE J'AI UNE BLESSURE MORTELLE...
OU BIEN...
LORSQUE MON CŒUR AGONISE.
À CHAQUE FOIS,
JE VOUDRAIS L'ATTRAPER.

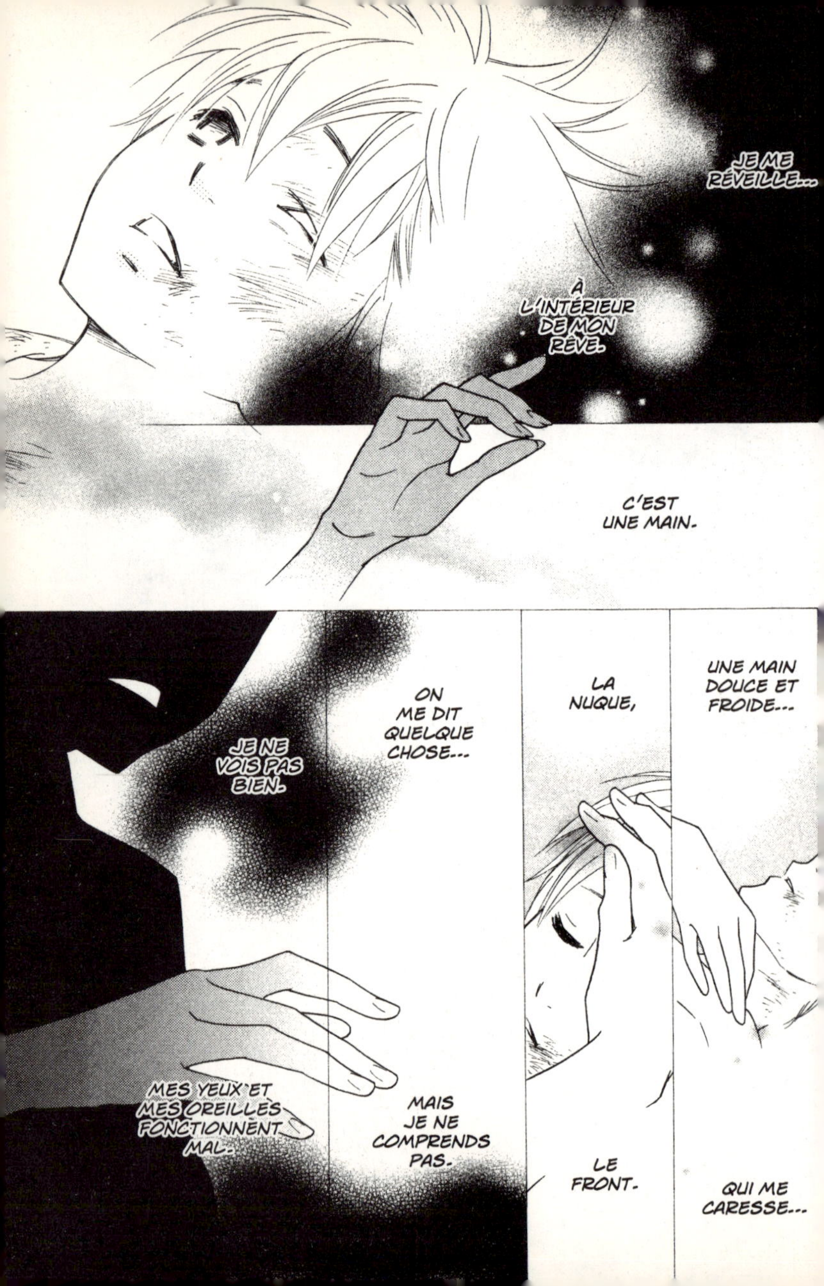
JE ME RÉVEILLE...
À L'INTÉRIEUR DE MON RÊVE.
C'EST UNE MAIN.
UNE MAIN DOUCE ET FROIDE...
QUI ME CARESSE...
LA NUQUE,
LE FRONT.
ON ME DIT QUELQUE CHOSE...
MAIS JE NE COMPRENDS PAS.
JE NE VOIS PAS BIEN.
MES YEUX ET MES OREILLES FONCTIONNENT MAL.

NON.
PLUS EXACTEMENT, JE RÊVE À L'INTÉRIEUR D'UN RÊVE.
JE NE VOIS PAS DEVANT MOI.
JE MARCHE SUR UN CHEMIN UNIQUE AU MILIEU D'UNE PRAIRIE DESSÉCHÉE.
SUR CE CHEMIN PARSEMÉ DE CADAVRES,
LE VENT SOUFFLE MAIS IL N'Y A NI BRUIT,
NI ODEUR.
AU MOMENT OÙ JE ME DEMANDE SI JE SUIS ENFIN MORT,
QUELQUE CHOSE DE FROID ET DOUX ME RÉVEILLE.

UNE MINUTE !
C'EST MOI QUI AURAIS DÛ M'EFFONDRER, LÀ !
EH !
KAGETORA !
KAGE...
AAH...
ENCORE CE RÊVE.

ME VOICI ENFIN DANS UNE SITUATION DE RÊVE !!!
ALLEZ !!
DONNE-MOI LE NOM DE CETTE PERSONNE SI CHANCEUSE !!!
C'EST RIHITO IWATSURU.
... QUI ÇA ?
BLAM

ENFIN,
DONG
DONG
MADEMOI-SELLE VA PORTER UNE ROBE...
ET ELLE TIENDRA UN BOUQUET...
POUR MOI !!
RIEN QUE POUR MOI !!
PUIS NOUS PRONON-CERONS UN SERMENT...
"APPELLE-MOI MA REINE"...
SLASHHHH
OUI!!!!!
!!!

BENI EST DÉJÀ PROMISE À QUELQU'UN.
QU... QUI T'A DIT ÇA ?
SON PÈRE.
LE PATRON ?!
BABOM ドキ
ドキ BABOM
ELLE EST PROMISE À QUELQU'UN !!!
HA !
ENFIN !!
VOICI L'ABOUTISSEMENT DE MA LONGUE CARRIÈRE DE SECRÉTAIRE !!
UN NOUVEAU MONDE VA S'OUVRIR À MOI !!!

TU N'ES PAS COLLÉ AUX BASQUES DE MADEMOISELLE AUJOURD'HUI ?
ELLE M'A DEMANDÉ DE LA LAISSER SEULE...
ALORS J'OBÉIS.
ÉVIDEM-MENT !
TU N'ES QU'UN GARDE DU CORPS !
TU ES SON PROTEC-TEUR, SON PROTEC-TEUR !!
ET CE N'EST QU'EN TANT QUE PROTECTEUR QUE MADE-MOISELLE T'APPRÉCIE !!!
À SES YEUX,
TU N'ES QU'UN GARDE DU CORPS !!
JE LE SAIS.

C'EST PEUT-ÊTRE À CAUSE DES RAYONS DU SOLEIL...
RIEN DU TOUT !
MAIS IL EST LIVIDE...
GSH
...
TU ES TOUT SEUL ?
C'EST RARE !

JE VOUS PROTÉGERAI...
MÊME SI JE DOIS EN MOURIR !
POUR ME SAUVER, IL A PLONGÉ SANS HÉSITATION DU TOIT D'UN IMMEUBLE.
COMPARÉ À ÇA,
M'ÉVITER EST CHOSE FACILE...
JE SAIS QUE QUAND KAGETORA DIT QUELQUE CHOSE, CE NE SONT PAS QUE DES MOTS.
KAGETORA OBÉIT AUX ORDRES DE MON PÈRE.
...
QU'EST-CE QU'IL Y A ?

SST
M...
MERCI.
CE N'EST RIEN...
JE SAIS BIEN...
QUE KAGETORA NE FAIT QU'OBÉIR AUX ORDRES.
C'EST MA MISSION...
DE VOUS PROTÉGER.

J'Y PEUX RIEN ! AUJOURD'HUI, IL FAIT SUPER...
AUJOURD'HUI,
IL FAIT UN PEU FRAIS.
TU VAS ATTRAPER FROID SI TU RESTES DANS CETTE TENUE !
FLAP FLAP
ぱた
HEIN ?
QU'EST-CE QU'IL RACONTE ! AVEC UNE CHALEUR PAREILLE...
FFT
DASH
TIENS, ENFILE CECI.
FUU

UN NINJA... QUI TOMBE D'UN ARBRE !
TU AS TOUT VU ?
IL A TOUT VU ?!!
JE...
NON RIEN DU TOUT !
MENTEUR !
TU AS TOUT VU !!
J'EN SUIS SÛRE !
JE N'AI RIEN VU !!
ALORS POURQUOI TU ES TOMBÉ ?!
M... MON PIED A GLISSÉ...
TU LES TROUVES PETITS, C'EST ÇA !!
NON ! ILS NE SONT PAS PETITS !
DONC TU AS VU !!!
D... D'ABORD, TU NE DEVRAIS PAS SORTIR À MOITIÉ NUE...
AH ! IL EST FURAX À MA PLACE !

DEPUIS, IL NE SE MONTRE PLUS DU TOUT.
JE SENS SA PRÉSENCE MAIS...
JE NE LE VOIS JAMAIS.
ENCORE, ENCORE !
DE L'EAU !
OUAF
EH !
AH... KUROKI !!
ARRÊT...
AAAAAH !
BLAM

SSS
SSS
SSS
FAIT CHAUD ...
SHHHH
C'EST DÉJÀ LES VACANCES D'ÉTÉ...
AU MOINS, JE NE VOIS PLUS IWATSURU...
BRRRR
PFF...
OUAF
OUAF
MAIS LE PROBLÈME N'EST PAS RÉSOLU POUR AUTANT.
KAGETORA... JE LUI AI DEMANDÉ DE ME LAISSER SEULE MAIS...

RANGEZ UN PEU CETTE CHAMBRE.
BIEN.
JE TE DIS QUE C'EST PAS LA PEINE !
C'EST PAS LA PEINE !
MAIS M. RIHITO A DIT...
VIENS PLUTÔT PAR LÀ !
M. HITAKI... IL NE FAUT PLUS...
HM !
...
PERSONNE ME RES-SEMBLE...

C'EST LA PREMIÈRE FOIS QUE TU ME PARLES DU LYCÉE !
ELLE EST BELLE ?!
JE TROUVE... QU'IL TE RESSEMBLE UN PEU.
TSS
AH ! C'EST UN GARÇON !
IL TE RESSEMBLE, MAIS PAS PHYSIQUEMENT.
COMMENT DIRE... IL A UNE ALLURE PARTICULIÈRE...
TOC
TOC
EXCUSEZ-MOI, M. RIHITO.
HEIN ?
VOTRE MÈRE VOUS APPELLE.
...
D'ACCORD, J'ARRIVE.

MAIS...
TANT QU'ON L'A PAS VÉCU,
ON PEUT PAS CROIRE UN TRUC PAREIL !
C'EST PAS QUE JE TE CROIS PAS !
UNE PARTIE DE MOI TE CROIT.
MAIS UNE AUTRE PARTIE ME CROIT PAS !
...
AU FAIT,
IL Y A UN NOUVEL ÉLÈVE DANS MA CLASSE.

PERSONNE N'ACCEPTERAIT D'HÉBERGER UN TYPE BIZARRE QUI RACONTE ÊTRE "VENU DU PASSÉ" !
JE SUIS SÛREMENT BIEN LE SEUL !
HITAKI !
ÇA FAIT MAINTENANT PLUSIEURS ANNÉES QUE TU ES LÀ.
J'AIMERAIS QUE TU CHANGES UN JOUR DE REFRAIN !
ÇA N'A RIEN DE BIZARRE...

SHINOBI LIFE
Chapitre 7

T'AS NULLE PART OÙ ALLER !
ET PERSONNE N'ACCEPTERAIT D'HÉBERGER UN TYPE BIZARRE QUI RACONTE QU'IL VIENT DU PASSÉ !
JE SUIS SÛREMENT LE SEUL !
HITAKI !
CHAPITRE 6 / FIN

C'EST CRADE !
TU POURRAIS RANGER UN PEU !
C'EST BON ! DE TOUTE FAÇON, C'EST TOUT DE SUITE LE BORDEL !
MOI, JE M'EN FOUS !
CEUX QUE ÇA DÉRANGE ONT QU'À RANGER EUX-MÊMES !
TU DEVRAIS FAIRE UN PEU PLUS ATTENTION À TA FAÇON DE PARLER !
POUR QUI TU ME PRENDS ? JE SUIS PAS TA BONNE !
JE PEUX ME CASSER QUAND JE VEUX !

J'AI ENVIE... D'ÊTRE SEULE.

ジャリ… TAP
NE ME SUIS PAS !

J'AI COMPRIS.
J'AI BIEN COM-PRIS...
ALORS...

IL...
NE RÉPOND PAS...
JE VOIS...

C'EST MOI... LA PRE-MIÈRE CON-CERNÉE !
ET JE NE SUIS PAS D'ACCORD ALORS POURQUOI ?!
KAGE-TORA...
TOI AUSSI...
TU VEUX QUE JE L'ÉPOUSE ?

BENI...
POURQUOI TU N'ES PAS VENU PLUS TÔT ?
TU AS TOUT VU, NON ?!
CE GARÇON... EST TON...
JE NE SUIS PAS D'ACCORD AVEC ÇA !!

NON,
RIEN.
MAIS,
JE VAIS OUBLIER POUR CETTE FOIS.
SI TU T'INTERPOSES ENCORE UNE FOIS ENTRE NOUS,
ATTENDS-TOI À LE PAYER !
SI TU REGARDES BIEN,
TU VERRAS QU'IL Y A DES GENS BIEN AU-DESSUS DE TOI.

C'EST QUI, CE TYPE ?
KA...
KAGETORA... EST MON...
MON TRAVAIL...
EST DE RESTER AUX CÔTÉS DE BENI...
AFIN D'ASSURER SA PROTECTION !
UN GARDE DU CORPS ?
J'AI DÉJÀ EU CETTE IMPRESSION HIER...
IL Y A QUELQUE CHOSE... D'ÉTRANGE DANS TON ALLURE.
C'EST COMME...

BENI...
EST TERRORISÉE ALORS...
IL EST APPARU TOUT À COUP !
TU TE PRENDS POUR UN HÉROS ?
TU FERAIS MIEUX D'ARRÊTER AVANT D'ÊTRE LA RISÉE DE TOUT LE LYCÉE !
JE SAIS... QUI TU ES.
MAIS...
BENI N'EST PAS ENCORE TON ÉPOUSE...
JE TE PARDONNE POUR AUJOURD'HUI...

ZAAAA

ALORS TU M'APPAR-TIENDRAS !
CE TYPE...
ME FAIT PEUR !
KA...
KAGE-TORA !!!

POURQUOI IL NE VIENT PAS ?!
AH !
IL EST LÀ, NON ?!
EN TEMPS NORMAL,
POURQUOI JE ME GÊNERAIS ?
IL Y A LONGTEMPS QU'IL SERAIT DÉJÀ LÀ !
TU ES BELLE !
ET JE T'AIME !

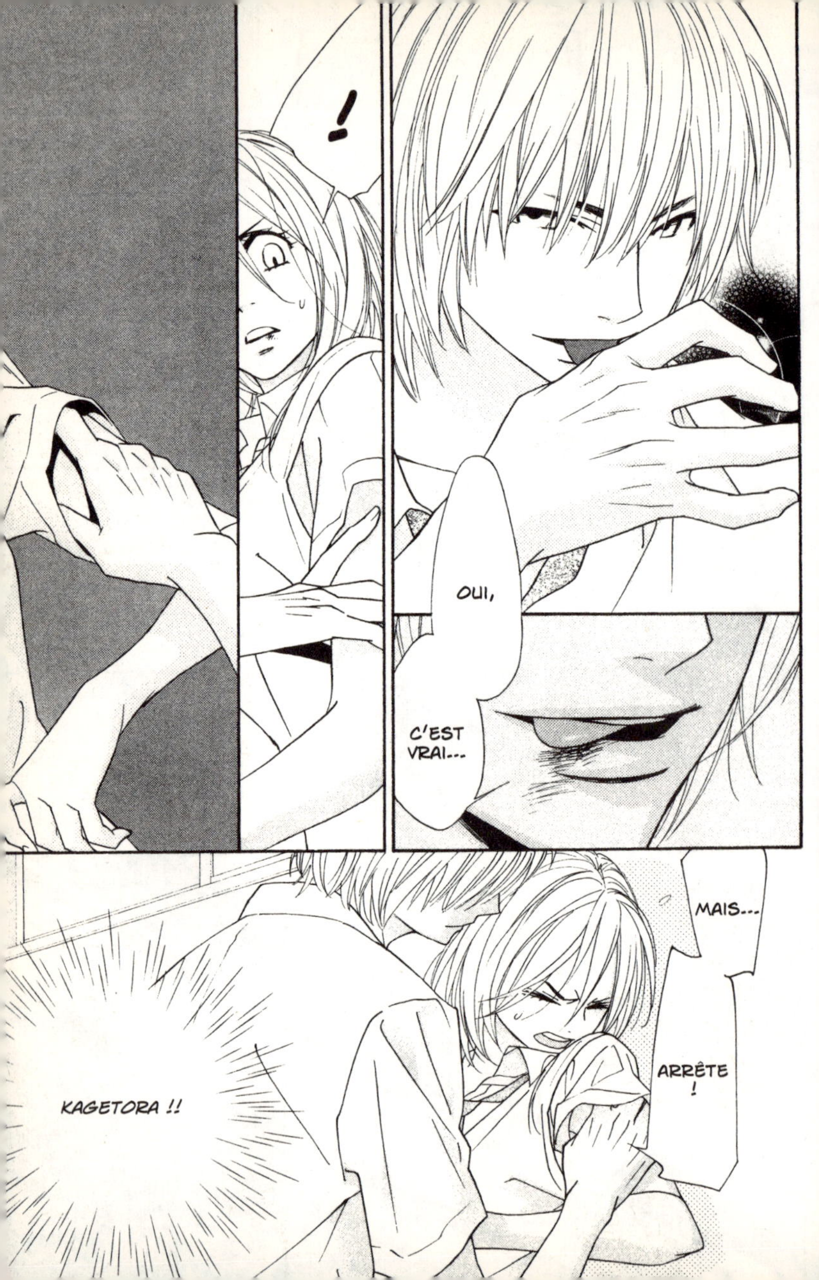
!
OUI,
C'EST VRAI...
MAIS...
ARRÊTE !
KAGETORA !!

SI JE NE L'ÉTAIS PAS, JE NE SERAIS PAS ICI !
TON PÈRE EST LE MÉCÈNE DE CETTE ÉCOLE !
!
ON N'A POURTANT JAMAIS VRAIMENT PARLÉ ENSEMBLE !

SI TU CRIES, DES GENS VONT VENIR VOIR CE QUI SE PASSE !
POUR UNE FOIS QU'ON PEUT DISCUTER TOUS LES DEUX...
GH... GH...
AH...
JE NE VEUX PAS QU'ON NOUS DÉRANGE !
JE... JE NE PEUX PAS BOUGER !
TU VEUX SAVOIR SI JE SUIS D'ACCORD ?

EST-CE QUE...
TU ES D'AC-CORD ?
TU NE L'ES PAS ?
ARRÊTE DE RÉ-PONDRE À UNE QUESTION PAR UNE AUTRE QUESTION !!
ÇA M'ÉNERVE !

JE NE PENSAIS PAS QU'UN JOUR, ON ME FERAIT UNE DÉCLARATION D'AMOUR SUR UN TON AUSSI HAUTAIN !
C'EST PAS UNE DÉCLARATION D'AMOUR !
TU ÉTAIS AU COURANT...
DE CETTE HISTOIRE DE MARIAGE, N'EST-CE PAS ?
COMMENT ÇA SE FAIT ?
EH BIEN... JE N'AI APPRIS CETTE HISTOIRE QU'HIER SEULEMENT...
...
TU NE SAVAIS PAS ?
TSS !
QU'EST-CE QUE ÇA PEUT FAIRE ?
QUE TU APPRENNES ÇA HIER OU IL Y A DES ANNÉES, COMPARÉ À TOUT LE TEMPS QU'ON VA PASSER ENSEMBLE,
CE N'EST RIEN DU TOUT !

TU VOULAIS ME PARLER ?
DE QUOI ?
SI JE T'AI FAIT VENIR,
ÇA NE PEUT ÊTRE QUE POUR PARLER DE ÇA !

TOUT ÇA ÉTAIT NOUVEAU POUR MOI.
C'EST GRÂCE À KAGETORA...
ET À PERSONNE D'AUTRE.
C'EST GRÂCE À LUI QUE JE...
SST
JE NE VEUX PERSONNE D'AUTRE...

C'ÉTAIT LA PREMIÈRE FOIS.
KAGETORA ÉTAIT LE PREMIER...
JUSQU'À MAINTENANT,
J'IGNORAIS QUE LES LÈVRES DES GARÇONS ÉTAIENT AUSSI DOUCES.
JE NE SAVAIS PAS NON PLUS...
QU'ILS POUVAIENT AVOIR CE GENRE D'EXPRESSION,
OU MÊME...
QUE L'ON POUVAIT AIMER AUTANT QUELQU'UN...

PAF
NON...
C'EST PAS LE MOMENT DE REPENSER À ÇA !

ÇA VEUT DIRE QUOI... ÇA ?!!
HEIN ?
C'EST UN PEU TARD...
POUR DIRE ÇA !
ET CE SONT SES LÈVRES QUI OSENT DIRE ÇA ?!
IDIOT !
IDIOT !
PAF
PAF
HAA
CE SONT SES...

MAINTENANT, IL Y A QUELQU'UN D'IMPORTANT DANS TA VIE...
BATAM

IL NE FAUT PAS...
JE T'EN PRIE,
TU NE DOIS PLUS ME TOUCHER...

A...
ARRÊTE !!
DE QUELLE IMPOLITESSE TU PARLES ?!
JE...

C'EST À MOI ET PERSONNE D'AUTRE ...
QUE TON PÈRE A DONNÉ CET ORDRE.
BENI...
JE TE PRIE DE ME PARDONNER...
POUR MON IMPOLITESSE !

EST-CE QUE...
CE N'ÉTAIT PAS QUAND TU CROYAIS ENCORE QUE J'ÉTAIS LA "PRINCESSE BENI" ?
SI C'EST ÇA...
UNE PROMESSE...
EST UNE PROMESSE.
MÊME SI JE PENSAIS À CE MOMENT-LÀ QUE TU ÉTAIS LA PRINCESSE BENI...
CELA N'EFFACE PAS LA PROMESSE QUE J'AI FAITE À TON PÈRE.

TOI AUSSI, TU T'Y METS ?! JE...
J'AI FAIT UNE PROMESSE !
À TON PÈRE...
J'AI PROMIS DE TE PROTÉ-GER...
ET... DE NE JAMAIS OUTRE-PASSER MON RÔLE...
MAL-GRÉ CELA ...
JE...
JE NE SAIS PAS...
QUAND EST-CE QUE VOUS AVEZ EU CETTE DISCUS-SION MAIS...

SI C'EST CE QU'A DÉCIDÉ TON PÈRE,
TU DOIS LUI OBÉIR...
QU'EST-CE QUE...
TU RACONTES, KAGETORA ?

C'EST QUOI, CETTE HISTOIRE !
J'HALLUCINE !
C'EST PAS AUX AUTRES DE DÉCIDER CE GENRE DE CHOSES !!
IL EST FOU, C'EST PAS NORMAL !
ET COMMENT IWATSURU PEUT-IL RESTER AUSSI CALME ?
CE N'EST PAS NORMAL ?
EST-CE ÉTRANGE À TON ÉPOQUE ?
À LA MIENNE, C'ÉTAIT QUELQUE CHOSE DE COURANT...

C'EST LUI.
ÇA NE ME GÊNE PAS...
ALORS NE T'INQUIÈTE PAS !
IL... LE SAVAIT !

J'AI ÉGALEMENT DÉCIDÉ...
QUI TU ÉPOUSERAS PLUS TARD.
RIHITO IWAT-SURU.
IL EST DANS TA CLASSE, NON ?

SHINOBI LIFE
Chapitre 6

J'ai découvert récemment que lorsqu'un chat se tortille parce qu'il n'aime pas être dans les bras, il fait tourner sa queue comme un guépard !

Quand ils changent de direction en courant, les guépards aussi font tourner leur queue comme ça. Ce sont aussi des félins !

ENVOYEZ-MOI VOS IMPRES-SIONS !

Conami Shôko
Akita Shoten Princess editorial department
2-10-8 Iidabashi Chiyoda Tokyo
102-8108

On se retrouve à nouveau ! Bonjour, c'est Conami. Ah, il y en a peut-être qui ne me connaissent pas ? Bonjour à ceux qui ont directement lu le tome 2 en sautant le tome 1 ! Ç... Ça se fait ça ? Quoi qu'il en soit, merci d'avoir acheté ce livre !

Le manga "Shinobi Life" était au départ un one shot mais il s'est transformé je ne sais comment en série et le second tome est paru. Plus j'y réfléchis, plus l'histoire m'inspire, alors c'est un bonheur de pouvoir écrire autant !

C'est grâce à vous tous qui me lisez !

Dans mon message du tome 1, je me battais contre l'envie de dormir mais j'ai suivi tous vos conseils et me suis mise à boire du café... Ah, à force d'en boire pour combattre le sommeil, j'ai fini par adorer ça. Avant, je n'aimais pas trop...

Comme j'en bois beaucoup, je me suis découverte de nouveaux goûts. (J'aime celui qui est légèrement aigre.) J'en bois plein... En fait, je me bats toujours contre l'envie de dormir. Si je ne bois que du café, j'ai tendance à me lasser alors j'essaie d'autres boissons. Lipovitan D, Minmin Daha... En résumé, que des boissons énergétiques !!

Au fait, lorsque je reçois des lettres, j'essaie toujours d'y répondre (avec plus ou moins de retard) mais il arrive que le nom ou l'adresse de l'expéditeur ne soient pas écrits et que je ne puisse pas répondre. Alors, quand vous m'écrivez, vérifiez que vos nom et adresse sont bien écrits !

Merci !

RIHITO IWAT-SURU.
IL EST DANS TA CLASSE, NON ?
C'EST LUI.
CHAPITRE 5 / FIN

QUI C'EST ?
JE N'EN SAIS RIEN...
MAIS ENFIN... DE QUI TU PARLES ?!

C'EST UNE BLAGUE !
ME FAIRE ÉPOUSER QUELQU'UN QUE J'AI JAMAIS VU...
TU LE CONNAIS.
JE LE CONNAIS ?
SI JE T'AI INSCRITE DANS CE LYCÉE,
C'ÉTAIT POUR QUE VOUS SOYEZ DANS LE MÊME ÉTABLISSEMENT ET QUE VOUS PASSIEZ DU TEMPS ENSEMBLE AVANT LE MARIAGE.

JE VAIS T'AP-PRENDRE LA NOU-VELLE.
J'AI ÉGALEMENT DÉCIDÉ DE QUI TU ÉPOUSERAS PLUS TARD.
QU'EST-CE...
QUE TU DIS ?!

NON,
ELLE N'EST PAS À TOI...
CETTE MAISON APPARTE-NAIT À MA MÈRE !
...
LES MORTS N'ONT PAS LEUR MOT À DIRE !
C'EST L'OCCASION.
C'EST DE TA FAUTE SI MAMAN EST MORTE...
BENI !

UNE MINUTE !
TU N'AS PAS LE DROIT DE DÉCIDER DE ÇA !
LA HIÉRARCHIE SOCIALE... QUAND AVEZ-VOUS PARLÉ DE ÇA ?!
ARRÊTE DE PRENDRE TES DÉCISIONS EN SOLO !!
KAGETORA EST MON... !
CETTE MAISON EST À MOI.
ET C'EST MOI...
QUI DÉCIDE DE CE QUI SE PASSE SOUS MON TOIT.

...
OUI...
JE M'EN SOUVIENS.
SI TU T'EN SOUVIENS, TANT MIEUX.
TU ES LE GARDE DU CORPS DE BENI.
SON PROTECTEUR.
NI PLUS NI MOINS.
SI TU ESPÈRES DEVENIR PLUS,
JE TE RENVERRAI ET T'EMPÊCHERAI DE LA REVOIR.

À PROPOS DE BENI...
"JE RESPECTE LA HIÉRARCHIE SOCIALE."
C'EST CE QUE TU M'AS PROMIS.

HA
C'EST BIEN ! JE VOIS QUE TU T'ES ATTACHÉ À KAGETORA MAIS...
HA
TU N'AS PAS OUBLIÉ QUI EST TON MAÎTRE, N'EST-CE PAS ?
KAGE-TORA...
OUI ?
TU TE SOU-VIENS...
DE CE QUE TU M'AS DIT LA DERNIÈRE FOIS ?

JE...
TU SAIS...
JE PENSAIS... QUE MON AMOUR POUR KAGETORA ÉTAIT SANS RETOUR...
QU'IL N'AVAIT D'YEUX QUE POUR LA PRINCESSE BENI...
ALORS QUE MON CŒUR DÉBORDAIT DE SENTIMENTS POUR LUI...
MAIS... C'EST MOI QUE KAGETORA REGARDE EN CE MOMENT.
MOI AUSSI, JE...
OUAF
TU ÉTAIS LÀ, KUROKI ?
WOUF

EST-CE QUE C'EST MAL ?
JE VOUDRAIS QUE PERSONNE NE PUISSE TE TOUCHER.
...
NON...
ÇA ME FAIT PLAISIR !

JE FAIS CONFIANCE À MON INSTINCT.
ET JE M'INQUIÈTE POUR TOI.
MAIS...
JE RESSENS ÉGALEMENT CELA.
PARCE QUE...
JE TIENS À TOI...

TU ES JALOUX ?!
HEIN ?
JALOUX ? JEALOUS ?
NAN, SÉRIEUX ?!
QU... !
IL EST JALOUX !
YAH !
IL EST JALOUX !
JE SUIS ÉTON...
OÙ EST LE MAL ?
AHAHAHA !
MÊME SI JE SUIS JALOUX,
OÙ EST LE MAL ?

C...
C'EST PAS UN PEU CONTRA-DICTOIRE...
AVEC CE QUE TU DISAIS AU LYCÉE TOUT À L'HEURE ?
CELA NE POSE AUCUN PROBLÈME S'IL S'AGIT D'UNE FILLE.
AH !!!

C'EST UN TYPE BIZARRE MAIS...
ON EST DANS LA MÊME CLASSE !
ET AUJOURD'HUI, C'ÉTAIT LA PREMIÈRE FOIS...
QU'IL M'ADRES-SAIT LA PAROLE.
MÊME SI TU ME DIS DE FAIRE ATTEN-TION...
HEIN, KUROKI ?
SHLAP
SHLAP
SST
SST
JE NE VOIS PAS COM-MENT...
C'EST SIM-PLE.
NE LUI PARLE PAS.

CE GARÇON...
NE ME PLAÎT PAS.
TIENS-TOI TRANQUILLE, KUROKI !
HEIN ? TU AS DIT QUELQUE CHOSE ?
FAIS ATTENTION...
QUAF
QUAF
QUAF
À CE IWATSURU !

C'ÉTAIT JUSTE UN INSECTE.
SSS...
IL SUFFISAIT DE L'ÉCRASER !
JE NE COMPRENDS PAS...
QU'EST-CE QUI PEUT BIEN SE PASSER DANS LA TÊTE DE CE TYPE ?

ÇA NE ME GÊNE PAS...
ALORS NE T'INQUIÈTE PAS !
DE QUOI TU PARLES ?
QU'EST-CE QUE TU FAIS ?!
RIEN DU TOUT.
ELLE AVAIT QUELQUE CHOSE DANS LES CHEVEUX ALORS JE L'AI JUSTE RETIRÉ !

C'EST DOMMAGE MAIS...

EH !
SST
JE PENSAIS POURTANT...
QUE TU ÉTAIS DE MON CÔTÉ.

AH...
RIHITO IWATSURU...
PARDON, IWAT-SURU.
J'AIME-RAIS... PAS-SER...
C'EST VRAI... ON SE DEMANDE À QUOI IL PEUT PENSER...
SSS
TAG

CE QUE C'EST "D'AIMER"...
J'AI UN PEU SOIF.
JE VAIS M'ACHETER QUELQUE CHOSE À BOIRE.
VOUS EN VOULEZ QUELQUE CHOSE ?
TAC
QUOI ?
OUI, JE VEUX BIEN !
ALORS,
ATTEN-DEZ-MOI LÀ !

HM...
J'AI TOUJOURS... ÉVITÉ DE ME FAIRE DES AMIS...
C'EST PARCE QU'À LA MORT DE MA MÈRE,
J'AI CONNU L'HORREUR DE PERDRE UN ÊTRE CHER.
AFIN DE ME PROTÉGER, J'AI CHOISI DE "NE PLUS AVOIR" POUR NE PLUS "PERDRE".
MAIS...
TANT QU'ON N'A PERSONNE,
ON NE PEUT PAS COM-PRENDRE...

SHH
RIHITO IWATSURU.
TU TE DEMANDES PAS À QUOI IL PEUT BIEN PENSER ?
SHH
IL A L'AIR GLACIAL !
SHH
TOI AUSSI, TU ÉTAIS COMME ÇA !
AH... MAIS PAS DU TOUT !
DU GENRE... À TE MOQUER DE NOUS...
EN CACHETTE.
VOUS VOUS MÉPRENEZ !
ON NE PEUT PAS CONNAÎTRE LE CARACTÈRE D'UNE PERSONNE TANT QU'ON NE LUI A PAS PARLÉ !
ALORS PARLONS PLUS !
C'EST TELLEMENT AGRÉABLE !

IMPENSABLE ? POURQUOI CELA ? NORMALEMENT, ON SE MARIE À PARTIR DE 13 ANS !
16/17 ANS EST L'ÂGE IDÉAL.
ET VERS 18/20 ANS, C'EST DÉJÀ UN PEU TARD...
HMM
TU VIS À QUELLE ÉPOQUE, LÀ ?!!
JE SUIS TROP D'ACCORD AVEC TOI !!
OUAIS ! SE MARIER TÔT, C'EST LA CLASSE !!
HEIN ?
POURQUOI ELLES SONT D'ACCORD ?!
J'EN AI TROP ENVIE !!
JE VEUX ME MARIER JEUNE !
J'AI TROP ENVIE D'AVOIR DES ENFANTS !
PAS POSSIBLE !
NE DITES PAS LA MÊME CHOSE QUE LUI !!!
ÇA DEVRAIT ÊTRE LE CONTRAIRE !!
FUJIWARA VIENT D'EXPLOSER !
ELLE EST MARRANTE !
JE SAVAIS PAS QU'ELLE ÉTAIT COMME ÇA !
L'HABIT NE FAIT PAS LE MOINE !
KAGETORA POURRAIT AVOIR DU SUCCÈS S'IL SE TAISAIT !
ET JE PENSAIS QUE TU ÉTAIS DE LA MÊME ESPÈCE QU'IWATSURU !
SST
IWATSURU...

VOUS ÊTES MARIÉS ?
HAHA
NE DITES PAS DE SOTTISES !!!
AH !!!
BOM
KAGETORA !! JE T'AI POURTANT DIT DE FAIRE COMME LES AUTRES, NON ?!
C'ÉTAIT UNE BLAGUE !
UMPH...
LAISSE COULER !
TU NOUS AS FAIT TROP PEUR À HURLER COMME ÇA !
JE SUIS DÉSOLÉ D'AVOIR CRIÉ.
VRAIMENT DÉSOLÉ...
JE M'EXCUSE MAIS IL EST INCONVENANT DE PARLER AUSSI LÉGÈREMENT D'ÉPOUSAILLES...
BLAA BLAA
NE DÉVELOPPE PAS LE SUJET !
C... C'EST UN PARENT ÉLOIGNÉ !
DÉSOLÉE, IL EST UN PEU BIZARRE ET NE COMPREND PAS BIEN L'HUMOUR !
ÊTRE MARIÉ À 16/17 ANS, C'EST IMPENSABLE !

LA MEILLEURE CACHETTE POUR UN ARBRE, C'EST LA FORÊT.
LE MIEUX, POUR NE PAS ATTIRER L'ATTENTION, C'EST DE FAIRE COMME LES AUTRES !
TU AS COMPRIS ?
TU N'AS QU'À OBSERVER AUTOUR DE TOI ET FAIRE PAREIL !
FAIS-TOI VITE À LA VIE DU LYCÉE !
D... D'ACCORD.
C'EST CE QU'IL A DIT MAIS... EST-CE QUE ÇA VA ALLER ? IL N'EST PAS TRÈS SOCIABLE...
DIS, KAGETORA ?
C'EST UN NINJA...
AH ! VOILÀ DÉJÀ DES FILLES !!
TU ES SOUVENT VENU À L'ÉCOLE AVEC FUJIWARA, N'EST-CE PAS ?
EST-CE QUE C'ÉTAIT...
POUR VISITER LES LOCAUX AVANT DE T'INSCRIRE ?
POURQUOI TU T'APPELLES AUSSI FUJIWARA ?
AH, EST-CE QUE PAR HASARD...

VOICI VOTRE NOUVEAU CAMARADE, KAGETORA FUJIWARA.
BLAA
POUR-QUOI ?!
TU ME SUIS TOUT LE TEMPS POUR ME PROTÉGER MAIS...
TU N'AS SÛREMENT PAS REMARQUÉ QUE T'ES PAS DU TOUT DISCRET ?!
MOI... DANS LE MÊME ÉTABLIS-SEMENT QUE TOI ?
SI TU TE CACHES, AU CONTRAIRE, TU ATTIRES L'ATTEN-TION !
C'EST QUOI, ÇA ?
AH !
EN PLUS, À L'ÉCOLE, TOUT LE MONDE PORTE UN UNIFORME...
LE SIMPLE FAIT DE PORTER DES VÊTEMENTS DE VILLE ATTIRE L'ATTENTION !

D... D'AC-CORD !
PRENDS LE TEMPS QU'IL TE FAUDRA...
MAIS ...
EN ÉCHANGE,
IL Y A QUELQUE CHOSE QUE J'AIMERAIS QUE TU FASSES DÈS AUJOURD'HUI !
ET TU VAS LE FAIRE !
ALLEZ, CHANGE-TOI ET ON Y VA !
ON... ON VA OÙ ?!
AU LYCÉE !!

TU AS ENCORE DORMI ICI CETTE NUIT ?!
TU AS POURTANT UN LIT... ALORS POURQUOI ?
PARDON.
MAIS JE NE PEUX PAS CHANGER MES HABITUDES AUSSI RAPIDEMENT.
J'AI DORMI AINSI PENDANT DES ANNÉES.
LAISSE-MOI CONTINUER ENCORE UN PEU... JUSQU'À CE QUE JE M'HABITUE.
JE...
JE ME SENS PLUS RASSURÉ À TES CÔTÉS...

ICI, C'EST LE FUTUR, C'EST DIFFÉRENT DE L'ÉPOQUE À LAQUELLE TU VIVAIS.
LA NUIT, TU PEUX DORMIR SUR TES DEUX OREILLES !
TOUT VA BIEN MAINTE-NANT...
AH...
KAGE-TORA...

C'EST TA CHAMBRE !
À PARTIR D'AUJOURD'HUI, TU UTILISERAS CETTE PIÈCE !
ET C'EST ICI QUE TU DORMIRAS !
TOUCHE ! REGARDE, C'EST MOELLEUX, NON ?
MAIS... JE...
KAGETORA...

C'EST TOI QUI AS FAIT ÇA ?!
KAGE-TORA !!
JE... JE SUIS DÉSOLÉ.
C'EST CET OISEAU GÉANT QUI... EUH...
ふあ FWAA
LE COUVERCLE S'EST SOULEVÉ GRÂCE AU DÉTECTEUR DE MOUVEMENTS.
QUAND JE ME SUIS APPROCHÉ DE LUI, IL A OUVERT GRAND LA BOUCHE ALORS...
UN OISEAU ?
JE...
J'APPELLE LE RÉPARATEUR IMMÉDIATEMENT !
C'EST PAS UN OISEAU, CE SONT DES TOILETTES !
DES TOALÈTES ?
EUH... DES... DES LATRINES ?
C'EST COMME ÇA QU'ON DISAIT AVANT ?
DES LATRINES ?!! DANS LE FUTUR, VOUS CHASSEZ LES OISEAUX AVEC LES LATRINES ?!
AH !
ARRÊTE AVEC TES PIAFS !!!
もおっ GRR
AH, MLLE BENI ?
LA CHAMBRE EST PRÊTE...
LA CHAMBRE ?

ÇA SIGNIFIE QUE CE N'EST PAS LA PRINCESSE BENI MAIS MOI... QU'IL A CHOISIE !
J'AIME KAGETORA...
MERCI...
ET ÇA NE POSE AUCUN PROBLÈME...
S'IL RESSENT LA MÊME CHOSE...
TOUT IRA BIEN POUR NOUS.
J'EN SUIS SÛRE.
FAIS ATTENTION !
KAGETORA...
AAH !
QU'EST-CE QUE C'EST QUE ÇA ?!

DE TOUTE FAÇON, ON A JUSTE "FAILLI"...
ET MÊME S'IL NOUS AVAIT VUS,
JE M'EN FICHE !
APRÈS TOUT,
AH !!
JE NE SUIS PAS LA "PRIN-CESSE BENI "!
TAC
BENI !!
ET PUIS...
KAGETORA M'A SUIVIE !
ET ÇA...

OUI.
BE...
NI.
HUM HUM
PAF
IL NOUS A VUS ?!!
TU AS TROUVÉ CE QUE TU CHERCHAIS ?
HEIN ? AH... AH, OUI !
DANS CE CAS, JE REFERME.
CLAC
JE NE VEUX PAS LAISSER LA PORTE OUVERTE. C'EST UN PEU RISQUÉ...

... ?
ÇA Y EST ?
TU L'AS RETIRÉE ?
L'ARAI-GNÉE...

L'ARAIGNÉE NE TE MORDRA PAS.
SI TU NE LUI FAIS RIEN,
NE BOUGE PAS...
IL NE FAUT PAS LA TOUCHER ...
ET ATTENDRE QU'ELLE VIENNE D'ELLE-MÊME.

HEIN ?
IL Y A...
IL Y A...
UNE ARAIGNÉE.
UNE...
Kumo?
UNE ARAIGNÉE ?
YAAH
とって——
RETIRE LA !
とって
RETIRE LA !
とって
RETIRE LA !
CALME-TOI !
JE VAIS TE L'ENLEVER.
C'EST UNE TOUTE PETITE ARAIGNÉE.

KAGETORA M'ACCEPTE ENFIN, NON EN TANT QUE "PRINCESSE BENI",
MAIS EN TANT QUE "BENI FUJIWARA".
SEULEMENT...
AH !
QU'EST-CE QUE... !!
J'ÉTAIS À LA RECHERCHE DE QUELQUE CHOSE...
C'EST...
ET ON SE RETROUVE TOUS LES DEUX DANS CETTE GRANGE PLONGÉE DANS LA PÉNOMBRE. QUELLE SITUATION...
DANS TES CHEVEUX ...

PER-SONNE NE CROIRAIT MON HIS-TOIRE.
CE GARÇON DEVANT MOI, KAGETORA, EST UN NINJA VENU DU PASSÉ À CAUSE D'UNE FAILLE SPATIO-TEMPORELLE !
AU DÉPART, JE N'Y CROYAIS PAS MOI-MÊME...
MAIS J'AI MOI AUSSI ÉTÉ PROJETÉE DANS LE PASSÉ AVEC LUI...
ALORS JE SUIS BIEN OBLIGÉE DE L'AD-METTRE.
BENI...
DEPUIS QUE NOUS SOMMES REVENUS DANS LE PRÉSENT, KAGETORA A CESSÉ DE M'APPELER "PRINCESSE BENI".
BADOM
C'EST PARCE QU'EN RENCONTRANT LA VRAIE PRINCESSE, IL A COMPRIS QUE J'ÉTAIS UNE DE SES DESCENDANTES QUI LUI RESSEMBLAIT TRAIT POUR TRAIT ET QUE JE N'ÉTAIS DONC QU'UN IMPOSTEUR...

SHINOBI LIFE
CHAPITRE 5

SHINOBI LIFE

Histoire & Personnages

Beni Fujiwara voulait mourir "en guise de message à son arrogant de père". Mais un jour, alors qu'elle est menacée de mort, Kagetora, un ninja tombé du ciel, la sauve inopinément. Ce dernier l'appelle "princesse Beni" et cherche à la protéger au péril de sa vie. Il la prend en fait pour l'une de ses ancêtres à qui elle ressemble trait pour trait. En effet, kagetora est un ninja venu du passé !

Il est persuadé que ce monde si différent de l'époque d'où il vient est une "illusion". Peu à peu, Beni tombe sous le charme de Kagetora qui la sauve du danger à plusieurs reprises et lui jure fidélité. Pour lui, elle tente même de devenir la "princesse Beni".
La distance qui les sépare s'amenuise peu à peu...

Mais un jour, par accident, ils retournent tous les deux dans le passé ! Là, Kagetora retrouve la véritable princesse et comprend que Beni n'est pas son maître. Mais la princesse Beni déclare "vouloir mener une vie de villageoise ordinaire" et Kagetora perd de ce fait sa mission. Considéré comme déserteur, il est alors poursuivi par Hitaki, un autre ninja qui cherche à le tuer, et décide finalement de retourner vivre dans le présent avec Beni mais... ?!

SOMMAIRE

SHINOBI LIFE 2
SHOKO CONAMI